Abbé Ludovic BRIAULT

LA PREMIÈRE COMMUNION

TOLRA - ÉDITEUR - PARIS.

LA PREMIÈRE COMMUNION

1898

Abbé Ludovic BREAULT

LA PREMIÈRE COMMUNION

TOLRA - ÉDITEUR - PARIS.

LA PREMIÈRE COMMUNION

n 187..., j'étais vicaire de la Paroisse de Saint-André de Ch***, et chargé du catéchisme des garçons. A cette date, on ne connaissait pas encore, en France, l'instruction laïque et obligatoire, ni les écoles neutres, ni les manuels civiques, ni les bataillons scolaires, ni la morale sans Dieu et autres inventions plus ou moins saugrenues importées depuis lors par un régime de sectaires, et les parents, maîtres comme il convient dans un pays libre, d'élever leurs enfants selon leurs croyances, ne trouvaient pas qu'il fût indigne d'eux de se préoccuper de leur préparation à la première communion. Les choses, en général, n'en allaient pas plus mal, au contraire, et nous, prêtres, nous trouvions, en particulier, au milieu de ces jeunes âmes qui nous étaient confiées, bien des consolations spirituelles qui nous sont trop souvent refusées aujourd'hui.

Il y avait environ un mois que les catéchismes étaient commencés dans la paroisse quand, un jour, je vis entrer chez moi une femme du peuple, encore jeune, à l'extérieur modeste et l'air foncièrement honnête, qui venait me parler au sujet de son enfant. Celui-ci avait l'âge de fréquenter le catéchisme, mais il en était empêché par le mauvais état de sa santé. Alors elle me raconte que, depuis plusieurs années, le pauvre petit était atteint d'une maladie étrange, à laquelle les médecins donnaient un nom difficile à retenir, et qu'elle avait entendu appeler la *fièvre bleue*, qui le prenait par accès terribles, et le jetait dans un tel état de faiblesse qu'il semblait, tant que durait la crise, sur le point d'expirer. Elle me dit son chagrin, et combien elle serait désolée si son cher petit ne pouvait faire sa première communion avec les autres enfants de son âge.

Les parents élevaient leurs enfants selon leurs croyances (page 8).

Je la consolai de mon mieux en lui faisant entendre qu'il y aurait peut-être

Elle me dit son chagrin (page 9).

un moyen de tout arranger, et je lui promis d'aller voir son enfant dans la journée.

Quand je me présentai chez ces braves gens, ce qui me frappa, ce fut l'air affable et respectueux avec lequel ils me reçurent. La famille se composait du père, de la mère et du petit malade. Le mari, très infirme, exerçait la modeste et peu lucrative profession de perruquier; sa femme l'aidait dans son métier, surtout à certains jours de la semaine où les clients étaient plus nombreux. Mais, malgré leur courage et la parcimonie avec laquelle ils réglaient leurs dépenses, le ménage était pauvre, par suite de la longue et coûteuse maladie de l'enfant.

Celui-ci, quand j'entrai, était à demi couché sur une sorte de vieux fauteuil et

Quand je me présentai chez ces braves gens (page 13).

occupé à regarder un livre d'images que lui avait prêté une voisine complaisante.

C'était un pauvre petit être pâle et chétif, mais dont les grands yeux noirs cerclés de bistre et le doux et mélancolique sourire dénotaient une raison précoce et une vive intelligence. La plus grande partie du jour, il se tenait ainsi immobile, lisant et dessinant, car il savait lire et écrire sans avoir jamais été à l'école, et il s'essayait même à faire des études au crayon sur des modèles que lui procurait un jeune soldat qui l'avait pris en amitié. Le peu d'instruction qu'il possédait, il le devait à quelques militaires, habitués de la boutique de son père, qui prenaient plaisir, tant sa mémoire était heureuse et son esprit pénétrant, à lui enseigner ce qu'ils savaient.

Entre nous, la connaissance fut bientôt faite. Je l'interrogeai et je fus étonné de la précision et de l'à-propos de ses réponses. Il me récita ses prières, me montra ses cahiers

Celui-ci, quand j'entrai, était à demi-couché (page 14).

Le mari exerçait la modeste profession de perruquier (page 13).

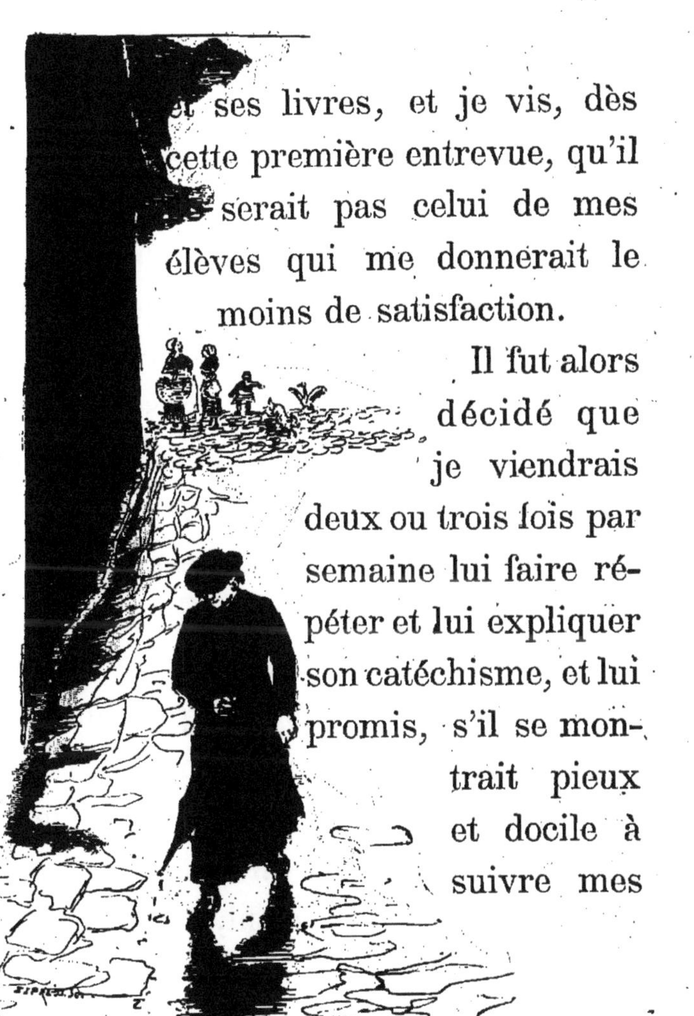

et ses livres, et je vis, dès cette première entrevue, qu'il ne serait pas celui de mes élèves qui me donnerait le moins de satisfaction.

Il fut alors décidé que je viendrais deux ou trois fois par semaine lui faire répéter et lui expliquer son catéchisme, et lui promis, s'il se montrait pieux et docile à suivre mes instructions, de l'admettre à la première communion avec les enfants de la paroisse. Cette promesse lui arracha un cri de joie, et son émotion fut si grande que pendant un moment on put craindre une nouvelle attaque de l'affreuse maladie. Quand je quittai cette famille, il me fut aisé de voir que je venais de faire des heureux.

J'allai donc, à partir de ce jour, les visiter de temps en temps. Grâces à Dieu, je n'eus jamais à regretter le surcroît d'occupation que m'imposa, pendant quelques mois, l'accomplissement de cette œuvre de charité. Le pauvre petit était si doux, si aimable, si intéressant, que je m'y attachai promptement, et que bientôt je trouvai une jouissance véritable là où d'abord je n'avais vu qu'un devoir à remplir.

Chaque fois que j'arrivais, un éclair de joie venait soudain illuminer son pauvre visage alangui et pâli par la souffrance. Il me saluait avec un joli sourire et, après quelques paroles échangées de part et d'autre, il me tendait son catéchisme qu'il me récitait avec une sûreté de mémoire et un air d'intelligence que je n'ai jamais rencontrés depuis chez aucun enfant de son âge. Ses progrès furent si rapides qu'en peu de temps il devint le plus instruit et le mieux disposé de tous ceux que je préparais à la première communion.

Cependant, il y avait longtemps — six

ans, me dit sa mère — qu'il n'avait quitté la chambre et n'était entré dans une église; aussi la pauvre femme voyait-elle arriver avec une sorte de frayeur le jour de la première communion, parce qu'alors il faudrait le conduire à la cérémonie, et elle craignait que les émotions trop vives qu'il ne manquerait pas d'éprouver à la vue d'un spectacle si nouveau pour lui n'amenassent une crise violente dont le public serait témoin; et, pour son cœur et son orgueil de mère, c'était doublement souffrir que donner au monde le spectacle du mal terrible dont était frappé son malheureux enfant.

Jusqu'à la veille du grand jour, j'avais

Le pauvre petit était si doux, si aimable (page 20).

instruit, confessé, préparé mon petit malade dans sa chambre; mais, ce jour-là, il voulut être conduit à la paroisse, en même temps que les autres enfants du catéchisme, afin de recevoir comme eux l'absolution de ses fautes. De mon côté, j'avais moi-même le plus vif désir de le mettre en relation avec ses camarades de première communion, parce que j'étais convaincu qu'il serait pour eux un sujet de pieuse édification.

On l'amena donc à l'église, où j'entendis sa confession, sans que son émotion se manifestât autrement que par quelques larmes de bonheur qui vinrent se mêler à son sourire habituel. Puis, il assista à la dernière instruction, qu'il suivit avec une singulière attention, et après quelques avis particuliers que je crus devoir lui donner

J'avais instruit, confessé, préparé mon petit malade (page 25).

sur l'heure et l'ordre des cérémonies du lendemain, il prit congé de ses camarades et s'en retourna heureux des quelques instants qu'il était venu passer au milieu d'eux, et rêvant du ciel en songeant à la visite du Dieu eucharistique qu'il devait bientôt recevoir dans son cœur.

Tranquillisé et ravie par le calme apparent avec lequel il venait de supporter cette première épreuve, sa mère sentit s'évanouir ses appréhensions et ses craintes et désormais elle n'eut plus de pensée que pour s'associer à la joie de son enfant. On peut dire que depuis longtemps la pauvre famille n'avait pas passé une aussi délicieuse soirée et n'avait entrevu pour le lendemain un bonheur plus pur et plus complet.

Enfin, le jour de la première communion arriva. Les cloches de l'église sonnaient à toutes volées, appelant au

banquet céleste ces petits anges de la terre dont les anges du ciel enviaient l'inénar-

rable félicité. Quelle fête, quelle sainte joie dans les familles qui avaient le bonheur de posséder un de ces élus de Dieu! Comme il était ce jour-là, entouré, embrassé, choyé par tous les siens, avec une tendresse inaccoutumée! Ah! c'est que le jour de la première communion est un si beau jour! Il rappelle à tous de si douces et de si consolentes émotions! Quel est l'homme perdu dans ce vaste désert de la vie que nous avons à traverser, avant d'arriver à l'éternelle patrie, qui ne reporte vers lui son souvenir avec bonheur, et ne donnerait toutes les joies, tous les plaisirs de la terre en échange de ces joies et de ces félicités célestes qu'il ne peut oublier!

La famille de notre petit malade n'était pas la moins heureuse, et elle ne fut pas la moins empressée à répondre au signal de la cloche.

Grâce à la complaisance d'une pieuse dame, l'enfant fut amené à l'église en voiture. Comment peindre ses transports et son ravissement à la vue du magnifique spectacle qui s'offrit soudain à son regard! Ah! comme ses rêves étaient au-dessous de la réalité! Tout ce qu'il voyait, tout ce qu'il entendait, tout ce qu'il éprouvait était nouveau pour lui. L'autel paré de ses fleurs d'or et resplendissant de lumières; l'orgue avec ses cris éclatants comme la foudre et ses gémissements doux comme la prière; les petits garçons avec leurs cierges allumés; les petites filles avec leurs longs voiles et leurs robes blanches; la foule émue et recueillie remplissant le saint

Sa mère l'observait avec une vague inquiétude (page 37).

lieu, tout cela lui semblait beau comme le paradis. Son pauvre petit cœur, écrasé de

Je le pris dans mes bras (page 38).

bonheur, ne pouvait plus prier. Ce n'était plus seulement de l'émotion, mais de l'extase et comme une sorte de transfiguration.

La messe venait de commencer. Sa mère, qui ne le quittait pas du regard, l'observait avec une vague inquiétude. Jamais elle n'avait vu une telle expression sur son visage. C'était de l'angoisse et c'était du bonheur. Il était beau ainsi. Deux larmes brûlantes, larmes d'amour, sans doute pour le Bien-Aimé qui allait se donner à lui, roulaient sur ses joues amaigries par la souffrance. Bien des regards étaient tournés vers lui. Tout à coup, nous le vîmes se lever, tendre ses petites mains vers l'autel et s'affaisser lourdement sur le sol. L'affreuse maladie faisait son œuvre.

En un clin d'œil, je fus auprès de lui, je le pris dans mes bras. Il était sans connaissance. Je parvins, non sans peine, tant la foule était compacte, à le porter dehors. Là, après quelques soins, il parut reprendre ses sens. Il ouvrit les yeux, me reconnut et sourit. Puis, je l'entendis très distinctement prononcer ce mot : « Maman ! » Ce fut sa dernière parole ici-bas ; ses yeux se refermèrent... il était mort !

Les craintes de la pauvre mère s'étaient réalisées : l'émotion, ou plutôt le bonheur avait tué son enfant, et le cher petit était allé faire sa première communion avec les anges, dans le ciel.

A LA MÊME LIBRAIRIE

ALBUMS EN COULEURS

DE LA MÊME COLLECTION

UNE CORRECTION MÉRITÉE
LES PETITS SABOTS
UNE RÉVOLTE D'ENFANTS
UN ENFANT HÉROÏQUE
LA COMPOSITION

Imprimerie Vve Albouy, 75, avenue d'Italie. — Paris.

www.ingramcontent.com/pod-product-compliance
Ingram Content Group UK Ltd.
Pitfield, Milton Keynes, MK11 3LW, UK
UKHW020954220726
13924UKWH00002B/690